丁小飛校園日記 5

我要成為YouTuber

文、原畫 郭瀞婷　圖 水腦

人物簡介

丁小飛

自我感覺良好的小四生。他是一個超有自信、樂觀破表和搞笑的小男生。雖然學校成績總是倒數前三名，生活中也經常有小故障發生，但藉著身邊的好朋友，他總能用他那一股強烈的好奇心與想像力克服，超越困境！他認為以後自己一定是厲害的偉人，所以立志寫日記，之後可以藉著日記拍成電影。

50年後的丁小飛

小便 →

阿達

小飛的哥哥，自認為是有魔法的忍者。他有很多奇怪又不可思議的想法，而且活在自己的忍者世界。平常跟小飛吵吵鬧鬧，互相惡作劇，是令爸媽頭痛的人物。

丁小妹

還不會講話的小寶寶。據小飛的說法，她大便過的尿布可以炸毀全世界，比炸彈還要厲害。

丁媽媽

職業婦女，在一個環保團體工作。是一位很有理想、有頭腦又有活力的媽媽。面對小飛與阿達經常闖禍的情況，她總能用理性處理。

丁爸爸

是一名大學教授，顧家又有耐心，名副其實的好爸爸。他偶爾也有小狀況，但總是用幽默帶過，為家庭增添不少歡樂。

巧克力

本名李克巧，坐在丁小飛的左邊，是個愛吃的美食家。由於爸爸是有名的廚師，他對於「吃」很有研究。個性憨厚，腦袋裡只有食物與家人。

程友莘

班上的班長，剛好坐在丁小飛的右邊。她有很多理想，也相信只要努力，一定可以成功。平常的她樂於助人，總是主動給予丁小飛最真誠的意見。

何李羅

丁小飛的好朋友（丁小飛稱他為「功課顧問」，就是幫他寫功課），總是耐心的幫助丁小飛度過一些困難。他心地善良，樂於助人，厚厚的棒棒糖眼鏡底下，有著聰明的頭腦和豐富的知識。

9月2日 星期一

五十年後的丁小飛：

你可能會覺得很奇怪，為什麼我這麼久都沒有寫日記了呢？

如果你不記得，那可能是跟奶奶一樣，得到「健忘症」了？不過，讓我先說一下奶奶的健忘症，因為她給我的靈感實在太棒！最近每次看到她，她都會跟我們說：

我記性不好，忘了澆花，你可不可以去幫我澆一下？別忘了順便拖個地板。

正在玩電動

（藏在被窩裡的
電視遙控器）

　　我後來覺得奶奶這個方法真是太棒了，所以決定借用
一下。我跟七龍珠老師說我得了健忘症所以沒寫功課，但
不公平的是，我居然被罰站了！老師說，那是上了年紀的
人才會得到的症狀。這實在是太不公平了，為什麼只有年
紀大的人才能用這麼好的理由？

　　沒關係，現在你終於等到年紀大的時候了！五十年後
的你，請盡量用這個理由。

　　好了，圓規症狀，不對，言歸正傳。為什麼這麼久沒寫日記了呢？那是因為我都用「打」的，哈哈哈！

　　自從上次跟我的好朋友何李羅、程友莘一起參加「超級頭腦」的比賽，得到冠軍後，媽媽就用我的冠軍獎金幫我和阿達買了一臺二手電腦，我就開始用打字的方式寫日記。如果五十年後的你不記得自己是怎麼贏得比賽的，就請翻開上一本日記，也就是第四集《聰明眼鏡》的第一五一頁，你就會想起來了。

那麼問題又來了，如果我用電腦打日記，最後要如何將日記埋在學校的地底下，五十年後再讓記者開啟偉人的日記來拍照呢？

老爸跟我說，電腦裡的資料只要存進一個小小的隨身碟裡，就可以帶著到處走。他還說，未來的人應該比較習慣用高科技的東西，所以建議我把日記儲存在隨身碟中，這樣未來高科技世界的人類如果找到我的日記，就會把我的日記拿來做為一種時代的證據。

哇！你們看，原來五十年前的小學生就已經會用隨身碟了！

哇！

喔，nonono，是只有我丁小飛才會用！

好厲害！

說到這裡，不得不講一下最近我跟阿達共用一臺電腦，發現的怪事件。

阿達沒有寫日記的習慣，但他經常說有功課要在電腦上完成，所以他使用電腦的時間比我多了大概幾百萬倍。奇怪的是，無論我什麼時候跑去看他在做什麼，他都只是盯著電腦螢幕，大聲背誦一些跟他沒有任何關係的成語。

這真是太奇怪了，阿達到底在電腦前面看些什麼？我決定明天要來偷偷查看。

五十年後的丁小飛：

今天為了證明阿達不可能是在讀成語，我假扮成他不會注意到的東西，像是鍋子、盆栽，和小妹的尿布，但是一直被他識破。**不是我在說**，我覺得家裡是時候該多添加一些實用的東西了，不然很難揭穿阿達的奇怪行為。但是他竟然真的在背誦成語，而且還穿著他那套忍者衣服，在電腦前面大聲的唸出來。

難道阿達真的要改頭換面，變成另一個版本的阿達了嗎？難道跟我上次看到的電影情節一樣，看電腦看太久，就會變成裡面的主角？

尷尬的是，阿達這天唸的成語，立刻活生生的發生在我身上。

果然是「螳螂捕蟬，黃雀在後」啊！

五十年後的丁小飛：

平常總是睡到出門前一秒才起床的阿達，今天竟然一大早就已經坐在電腦前面了！而且竟然又在背成語！說實話，以我當他弟弟長達十年的體會，要我相信他喜歡朗誦成語，那我寧可相信他會被外星人載走，然後成為他們的總統。

說到成語，有一句俗語叫做「晴時多雲偶陣雨」。意思是在一個原本令人開心的大晴天，後來無緣無故飄來幾片烏雲，接著突然開始閃電打雷、下大雨！

為什麼我要寫這句俗語呢？因為這就是我今天的心情寫照。只不過，我覺得除了烏雲和打雷、下大雨以外，我的狀況還多加了一場莫名其妙、不請自來的大風雪。

讓我先講一下我的晴天。

今天到學校以後，大家對老爸給我的隨身碟超有興趣，還有人一直想要跟我借。那當然不行！不是我小氣，而是他們都不知道，這個隨身碟其實原本不是大家看到的面貌。

它經歷過一段艱辛的變裝過程，待我來好好說一下它的前世與今生。

待我來說明一下這個隨身碟的前世今生吧……

結果沒想到大家竟然以為它是一顆精靈球！五十年後的丁小飛，有健忘症的你可能不記得什麼是精靈球，那就讓我隆重介紹一下，五十年前這位重量級的卡通人物。

我有健忘症，你到底是皮什麼卡什麼？啊！我知道了，「皮在癢」對吧？不過我的皮的確在癢，麻煩你幫我抓一下。

　　「皮在癢」是五十多年以前很流行的一個精靈，然後精靈球是拿來收服精靈的一個工具。也就是說，精靈球是個很厲害的東西！好幾次，我和阿達為了得到扭蛋機裡的精靈球玩具，拿出過年存起來的壓歲錢。只是每次都被媽媽阻止，所以我們也只能眼巴巴的看著下一個轉扭蛋的小朋友，拿走我們千辛萬苦想要得到的精靈球。

　　總而言之，你應該知道精靈球的重要性了。

　　但是身為未來宇宙的總統，我不忍心破壞我的形象，也不想讓愛戴我的粉絲傷心，所以我只好把我的隨身碟神祕的藏起來，希望不要有人看出它的另一個身分是＿＿。

只是，晴天過後，不請自來的烏雲就這樣飄過來了。

我們班上那一位最會打躲避球的金思高也拿出了他的隨身碟，而且他說，

五十年後的丁小飛，**不是我在說**，金思高的收藏也太酷了！不但有鋼鐵人的手、綠巨人浩克的手，還有雷神的錘子和美國隊長的盾牌。

如果現在要用「烏雲……晴天」來造句，那麼我相信我的造句會得到很高分：

「金思高就像一片不請自來的烏雲，蓋住我頭上原本美好的大晴天。」

不過沒關係，原本我很怕我的「ABC」前生會穿幫，

不對，是USB。現在有了金思高這片烏雲，我倒是滿感謝

他的。

　　但偏偏烏雲一離開，雨就不請自來的落下了。

於是大家又擠到我這裡，看著我的「精靈球」破裂。

幸好，套一句阿達唸過的成語：「皇天不負苦心人」，上課鈴聲總是在最適當的時候響起，我又因為上課鈴聲而盜壘成功。

但是，我的大風雪竟然也跟著「不請自來」……

所以，今天是「晴時多雲偶陣雨加大風雪」的一天。

原本美好的晴天就不長久，還被大風雪整得很慘，真是「好景不常」。

寫到這裡，我突然覺得有點奇怪……

怎麼阿達的成語這兩天都被我套用得如此恰當？

9 月 6 日 星期 五

五十年後的丁小飛：

OK，我承認自從我的＿＿＿USB現出原形以後，我一度認定自己會陷入一段苦難又丟臉的日子。但是，這件事情竟然沒有發生。不但沒有發生，還被我不小心發現了一個世界級的天大祕密！啊，不對，應該說是宇宙級的爆炸大祕密！

事情是這樣的，自從那天我的＿＿＿USB被揭穿後，我刻意用烏龜般的速度離開校園回家，好避開嘲笑我的同學。結果，我居然在巷口的麵包店，親眼看到平常坐我隔

壁、整天吃個不停的李克巧同學，綽號「巧克力」，從店裡拿了一堆麵包走出來。

重點是……他沒有付錢！完全沒有！

「巧克力，」我故意小心翼翼的走到他身旁，免得被別人聽到，他就會被抓到警察局。我說：「你拿了這些麵包都沒付錢！身為正義人士，我必須勸你……」但他馬上笑了出來。

拜託，我還發揮古道熱腸，趕緊跑過去攔截巧克力，免得他被抓到警察局，他怎麼還笑得這麼開心？他大概不知道，五十年後，他會痛哭流涕的在電視上感謝我一番。

巧克力一邊吃麵包，一邊笑著跟我說出了這個宇宙級的爆炸大祕密：

他說他的頻道叫做「沒事吃美食」！

回到家以後，我立刻打開電腦，請老爸幫我上網找巧克力的頻道，結果還真的看到他的頻道——「沒事吃美食」。每一個影片都是巧克力開箱他買來的食物，他會打開包裝來試吃，接著形容那些食物有多好吃。

老爸說：「嗯，很不錯喔！巧克力這個頻道已經有好幾千人觀賞，經營得很好，而且巧克力的表情很自然生動，連我都忍不住想訂閱！」

也就是說，巧克力居然成為一位網路直播明星了！

我的嘴巴從聽到消息的那一刻起直到晚上，都處於「高爾夫球場狀態」。如果你不知道什麼是「高爾夫球場狀態」，那就讓五十年前的我來解釋一下吧。

我上次跟老爸一起看高爾夫球賽的電視轉播，聽說高爾夫球員就是要試著用一根球桿將一顆小小的白球打進很遠的洞裡。

聽完以後，我立刻放聲大哭。

嗚哇！那個草坪不是要一直張開嘴巴，都不能閉起來？好可憐喔……

為了安慰我，老爸笑著說那是半張開嘴，所以草坪不會很累。從那時候起，每一次我只要嘴巴半張開，媽媽就會大叫：

所以，當我一聽到巧克力成為網路直播明星時，我的嘴巴一整晚都處於高爾夫球場狀態，久久無法恢復原狀。

五十年後的丁小飛：

你有沒有過這種感覺，就是短短幾天，你的世界全都變了？

也只不過幾個星期，我的世界全都變了。那位老是坐在我旁邊吃東西，講話都講不清楚的巧克力，竟然漸漸成了小有知名度的網路紅人！

事情是這樣的，今天到學校之前，老爸邊吃早餐邊看巧克力的節目，結果發現不到幾天，已經有越來越多人訂閱他的頻道。果然，今天到學校以後，所有的同學都想跟他合照，連下課時都有別班的同學跑過來要他的簽名。

所以我決定了！身為未來宇宙總統的我，也得好好的跟進才對！為了了解更多當網路頻道主的事，我找了我現在的「功課顧問」，也就是我未來的總統祕書兼顧問管家——何李羅到我們家，請他好好跟我說一下「網路直播」到底是怎麼一回事？是任何人都可以成為網路直播明星嗎？還是需要去網路電臺考試什麼的？如果真的要考試，或許何李羅可以打扮成我的樣子去考一下。

　　只是一回到家，阿達依舊霸占著我們的電腦，穿著忍者衣服大唸成語。

舉棋不定，
就是無法當機立斷
做出決定……

　　沒關係，何李羅說現在還不需要電腦，而且我們應該先討論好以後，再進行下一個步驟。

根據何李羅的說法，做直播很簡單，但找到適合自己的主題很困難，也很重要！他說我如果真的有興趣，可以先想想看應該做什麼主題。例如巧克力的頻道主題是吃美食；而隔壁班的某一位同學主題則是開箱趣，專門開箱新的玩具讓大家欣賞。喔！還有我們學校六年級的那位模範生會在頻道上介紹好看的書。

沒事吃美食｜最好吃的古早味蛋糕
觀看次數：2538

開箱趣｜戰士特攻開箱
觀看次數：1828

今天讀什麼｜我最愛的小王子
觀看次數：1689

野外抓蟲趣｜蟬
觀看次數：2133

何李羅的建議沒錯，的確需要想一個主題。但是如何想出一個大家都有興趣，我自己也很拿手的主題呢？這確實需要花時間想清楚。

五十年後的丁小飛，你不必替我煩惱，因為我已經想到一個最拿手的主題了！那就是：為什麼丁小飛會成為五十年後的宇宙領導人？

雖然這個主題很吸引人，何李羅卻不停的搖頭。他說最好是每一集都不一樣，因為也不可能每一集都講同樣的事。他要我好好想一下自己最擅長什麼，再從擅長的事去發展，節目上才能講得更仔細、發展得更長遠。

我擅長的事還真不少！

二十四小時打電動

邊寫功課邊睡覺

上課偷看漫畫

何李羅回家以後，我照著他的建議把所有擅長的項目寫在紙上，然後一個個列出可以發展的頻道主題和節目內容。**不是我在說**，我怎麼看都覺得每一項都很精采，而且都太容易達成了！有時候選擇太多，還真是難以決定啊！

看來我的情況真的跟阿達說的成語一樣，舉棋不定。

五十年後的丁小飛：

巧克力的「沒事吃美食」現在已經紅遍全校，上上下下都知道，就連小妹都看得哈哈大笑。

昨天老爸又打開這個直播頻道，小妹竟然興奮到跳來跳去，這是繼上次我們去玩雲霄飛車，全遊樂園都聽到我的叫聲以來，第二次看到她興奮成這樣。

不只小妹，老爸和媽媽也對這個節目很有興趣，他們說看完節目會心情很好，也會很想去買巧克力介紹的東西來吃。我真是太羨慕巧克力了，如果連吃東西都能拿來做成節目，那不就像是靠著呼吸賺錢一樣輕鬆嗎？

也因為巧克力的竄紅，學校有不少同學都開始對「網路直播」這件事感到好奇，而且我還得到一個最新消息！我們的班長程友莘說，她的姊姊有時候在家讀書時，都會打開電腦，跟著一個網路上的直播明星一起讀書。而且重點是，那個明星一句話也沒說，只是坐在鏡頭前靜靜的看書，偶爾翻一下頁，就造成了大轟動……

靜～

😀：000好帥！

😊：000我愛你！

😫：有00陪我讀書就不寂寞了！

😆：只是靜靜的翻書也好帥！

😌：剛剛是對我微笑了嗎？

　　五十年後的丁小飛，看到這裡，無論你有沒有健忘症，一定跟我有一樣的想法。那就是，我快要成為直播界的超級無敵大明星了！

五十年後的丁小飛：

　　如果你還是記不起我的絕佳直播主題，那麼讓我來告訴你這個會轟動全校、全世界、全宇宙的直播節目：「看丁小飛入睡！」

　　只是，何李羅似乎對這個主題似乎不怎麼認同。

他很無奈的教我如何操作影片分享平臺，也提醒我電腦要插電。然後，我又請老爸幫我申請了一個YouTube的帳戶，還得遵守跟爸媽的約定。只是他們一聽到我的節目主題，反應竟跟何李羅幾乎一模一樣。

　　為了證明我的主題會大受歡迎，我還把程友莘姊姊最喜歡的那個陪讀書頻道給他們看，畢竟我的主題跟這個很類似，也很適合我。

　　到了晚上，我發現我的睡衣竟然被拿去洗了！

　　好吧，既然這樣，只好拿出我的祕密武器：奶奶送的「紅包睡衣」。這是今年過年時，奶奶買給我們全家人的睡衣，而且每個人都有一件。有一次媽媽還特地趁奶奶來我們家住幾天時，要大家穿給她看，結果有健忘症的她竟然說，

當我穿著我的紅包睡衣，打開電腦準備睡覺時，阿達在我要按下直播按鈕的那一刻，提醒我一件很重要的事。

啊對！阿達說的一點都沒錯。如果燈全都關掉，那誰還看得到我睡覺呢？但如果開著燈，我怎麼睡得著啊？糟糕，這真的是一道難題。睡眠對我來說實在是太重要了，我可不想要上課打瞌睡，這樣就無法專心的在桌子底下偷看漫畫了。

雖然是一道難題，但這可是我踏入網路直播界的第一步！為了做出正確的選擇，我打給何李羅問問他的意見。

不過何李羅大概是想睡覺，所以只說了明天再討論，就將電話掛掉了。其實何李羅講的也沒錯，不一定要今天開始。只是，我已經決定從今天開始，而且都到處向大家宣傳了，辜負粉絲的感覺，真的不好受。

我狠心的將電腦關起來，準備去上個廁所再回房睡覺，無意間居然被我瞄到阿達在房間，對著他跟老爸借的電腦，又在大聲唸成語。

今天的成語是
一箭雙鵰……

對耶！

沒想到阿達莫名其妙的每日成語，竟然給我一個大提示。為什麼我只能選一個答案，而不是「以上皆是」呢？如果用眼罩把眼睛遮起來，就能在燈光下直播睡覺了！

五十年後的丁小飛：

自從「當YouTuber」這件事在我們的世界出現以後，有許多自己從來都不知道的事，都會無意間被掀開。**不是我在說**，這實在不是一件好事。舉例來說，有誰會知道自己睡覺的樣子？

啊，不對，五十年後的你肯定知道！現在你的身邊應該隨時都有外星人在照顧，所以你的一舉一動都會被大家用放大鏡觀察，搞不好還有二十四小時直播，讓全宇宙的生物都欣賞你的英姿。

但五十年前的我還沒有外星人照顧，所以我只能藉著YouTube直播來揭曉這個惱人的祕密。在開始直播以前，我已經跟班上不少人介紹過我的頻道，加上我有事沒事就提起這個計畫，所以我以為會有不少觀眾。

結果我沒想到，因為節目是在睡覺時間直播，所以根本沒有幾隻小貓願意犧牲睡眠來看我的頻道。何李羅後來跟我說，那個讀書的直播是因為觀眾可以跟著直播主一起讀書，所以才有人要看。但是，應該沒有人要在睡覺時間看別人睡覺，所以不會有什麼人觀賞我的直播。

但是沒關係！就算沒有太多人同步收看，大家還是可以用回放的方式觀賞。也因為這樣，真的有人看了我的睡覺直播，還告訴我一些驚人又「不請自來」的壞消息：

為了證明他們說的是真的，我自己也看了錄影，結果只有一個答案：以上皆是。

這幾天我為了頻道，還得承受開燈戴眼罩睡覺的不方便，結果居然被少數有看的觀眾嘲笑……**不是我在說**，損失實在有夠慘重！

晚上吃飯時，媽媽說她有看到我的睡覺直播，還不停稱讚我穿的那件紅包睡衣非常搶眼。她還打給奶奶，請她

觀賞新年時送我的紅包睡衣，但是奶奶看完後，竟然在電話裡笑著跟媽媽說：「到底是誰買了這麼好笑的紅包睡衣啊？哈哈哈！」原來這陣子她的健忘功夫，又練到另一種高深莫測的境界。

老爸說，如果我的紅包睡衣能夠造成轟動，搞不好可以跟巧克力代言麵包一樣，去代言紅包睡衣。

什麼？等一下！什麼時候巧克力代言了麵包，還從直播網紅變成廣告明星？

不行不行，我得加緊腳步，繼續努力找出我的頻道主題才行！不過，如果正在閱讀這本日記的你是五十年後的某位粉絲，而且又剛剛好是紅包睡衣的製造商，歡迎你打給我的經紀人何李羅，我還是很願意為你代言拍廣告。

五十年後的丁小飛：

自從「YouTuber」這個職業誕生在世界上以後，我才知道大家都默默的在進行這項任務。這種感覺很像全世界都在你背後祕密的進行一件事，只有你不知道。

因為巧克力成為直播主的關係，班上同學們接二連三的跟著嘗試做YouTuber，就連班長程友莘都開始做起她的網路直播節目：「手指上的可愛毛線娃娃」。

除了程友莘，還有金思高的「運動高手小撇步」。他每天會花八分鐘來分享各種運動的拿手技巧，還會秀上一段打球英姿。我一看到金思高的影片，心臟就好像被誰偷藏了一把雷神的大鐵鎚，沉重到我雙腿無力、站不起來。

他的影片片頭有好多華麗的音樂和流星爆炸的特效，配上字幕，還在他打球時用慢動作重複好幾次。**不是我在說**，連我都看了好幾遍，甚至還跟著他的動作做一遍！

　先是巧克力，再來是程友莘與金思高……他們都找到了很棒的主題，就只剩下我還在想辦法讓大家忘記我睡覺直播的糗態。

　這該如何是好呢？

　就在這時，阿達的每日一句成語，又再一次在我最不經意的時候，發揮了莫名其妙的作用。

對啊，我怎麼都沒想到問問這些現成的YouTuber呢？我立刻打給巧克力，畢竟他整天坐在我旁邊，無論如何都算是我的鄰居，應該要「守望相助」才對。果然不出我所料，他馬上就答應，而且還請我後天到他家看他錄製節目，順便當「神祕嘉賓」！

這可是我第一次出現在網路明星的節目裡，所以心裡有點點緊張，像小妹經常說的，內心有「點點」。

為了讓觀眾們留下好印象，我特地請媽媽幫我把衣服燙好，再從床底下拿出那雙最厲害的「滑倒皮鞋」！

你問我什麼是「滑倒皮鞋」？是這樣的，不知道這雙皮鞋用了什麼材質，它總是看起來滑滑的，還會閃閃發亮。老爸經常開玩笑說，這雙鞋子這麼滑，一定會讓螞蟻跌倒！他每次看到我穿上這雙鞋，都一定會說：

哇！歡迎滑倒皮鞋出場！

這雙滑倒皮鞋到目前為止只有出現過兩次。第一次是我上臺演講，第二次是不小心被媽媽報名成功，害我硬著頭皮去參加的舞蹈表演。

　　晚上睡覺以前，我看著發亮的滑倒皮鞋，興奮到忘了關掉電腦，結果一不小心，又讓大家看到我睡覺放屁和流口水的樣子。

　　不過沒關係！等明天大家看到我的滑倒皮鞋，保證眼睛發亮，讓大家都得到奶奶的「健忘症」！

9月22日 星期日

　　今天一早起床，我的肚子就餓到咕嚕咕嚕響個不停。為了節省時間，我從冰箱裡拿出一盒點心，原本以為是媽媽幫我買的泡芙，結果居然是「臭豆腐包子」！老爸說這是他同事家裡新開的店，為了捧場，買了一些回家。**不是我在說**，如果盒子裡頭是臭豆腐包子，他們實在應該要注明清楚。儘管如此，但我的肚子實在太餓，只好硬著頭皮吃下去。

　　走出家門以前，媽媽特別給我一本筆記本，上面有我最喜歡的刺蝟圖案。她要我趁這個機會好好問問看巧克力的心路歷程，並且記下來，以後一定會有用。然後又給了我一袋書，說是要送給巧克力的媽媽。

　　你可不要小看這一袋書，它後來可是發揮了保護滑倒皮鞋的重責大任！

　　我走出家門後，就開始後悔穿滑倒皮鞋了。因為昨晚下了點雨，地上都是泥巴，但我今天穿的可是滑倒皮鞋呢！如果把鞋子弄髒，那麼螞蟻經過豈不是無法滑倒了？

好在巧克力的家離我們家不遠，我想出一個絕佳妙

計！五十年後有健忘症的丁小飛，請問你還記得是什麼妙

計嗎？首先，我要跟你介紹一下我們家到巧克力家門口的

路線：

為了不讓施工場地的灰塵濺到滑倒皮鞋，我的第一個

妙計就是，犧牲我的手帕，將鞋子包起來走路。

照理說，到了學校操場應該就不會有什麼問題，但偏

偏被我碰到田徑隊的人在練習跑步。如果他們不小心踩到

我的滑倒皮鞋，那不但會髒掉，而且還會痛到不行！於是，我想到第二個妙計：拿出媽媽給我的那袋書，將塑膠袋拿起來撕成兩半，分別套在兩隻鞋子外面。

相信聰明又帥氣的你，現在頭腦一定馬上冒出一個泡泡，上面寫著：那書怎麼辦？

我用雙手抱著書，穿越學校操場，所以書本也安全抵達目的地。

在我穿越操場後，又來到另一個障礙關卡：公園。這個公園的草地特別多，而且經常有人遛狗不撿大便。為了不讓可怕的踩大便事件發生，我做出有史以來最大、最危險、最驚險的一個犧牲：光腳通過公園！

手帕 　　塑膠袋

五十年後的丁小飛，如果現在這雙鞋子還存在，千萬要請它們好好感謝你才行！要不是你當年如此細心的保護，這雙鞋早就被遺棄在某一個角落了。

到了巧克力家，我的嘴巴再次呈現「高爾夫球場狀態」。以前到巧克力家玩電動時，他們家就跟我們家一樣很普通，沒有什麼特別的地方。但是這一次，我注意到他們做了全新的裝潢，就好像來到一家很專業的法式料理餐廳，還有好多落地窗，讓室內看起來寬敞又明亮。

巧克力把家裡所有的器材和設備都介紹一遍，我才發現原來錄製專業的網路節目需要下這麼多功夫。我突然想到媽媽送我的刺蝟筆記本，於是趕緊拿出來做紀錄。

他說，除了調好燈光以外，還要有專業的相機和腳架，還有許多掛在牆上的高級廚具，整個就像電視上看到的小廚師烘焙比賽節目！

　　你可能還記得，巧克力的爸爸是很有名的廚師。他不但開餐廳，還出版了許多教別人做料理的書，甚至有自己的電視節目，教觀眾如何做菜。

　　我做完筆記後，巧克力很開心的向我宣布另一個超級大消息。

我收到一位製作人的邀請，
要我跟爸爸一起主持一個「帶狀」
節目，來介紹親子料理！

哇！原來不只有網路節目，也有「袋裝」節目……只
是要用袋子來看影片，這似乎有點高難度？

直到巧克力解釋以後，我才知道不是裝在袋子裡看的
節目。

袋裝節目？
裝在袋子裡的
節目？

不是啦！帶狀節目
指的是長期固定時段
播出的節目。

果然跟專業人士學習，就會學到不少術語！我再度把筆記本打開，趕緊記下來，也把裝在我肚子裡的問題全都問一遍。

巧克力說，其實做節目最重要的，就是要有一位「製作人」。而他的製作人就是他的媽媽。他們會先討論過節目內容，再正式定案，也會一起練習在節目中要講的臺詞。當巧克力碰到不知道要講什麼的時候，就會請製作人幫忙想。總而言之，有了製作人，他會幫助你讓節目進行得更順利，也會替你注意一些事先沒有想到的小細節。

巧克力說，他看到我對於當網路頻道主很有興趣，特地邀請我上他的節目，也可以讓我趁機在大家面前介紹我的頻道。我真是太感謝他了！

五十年後的丁小飛，如果你現在還有缺司機或是助理，千萬別忘了讓巧克力有一份好工作，畢竟他當年曾經助你一臂之力。

節目開始，巧克力請他的「製作人媽媽」把攝影機打開，對著鏡頭很順暢的介紹今天要試吃的東西。我在旁邊看得心「撲通撲通」的跳，如果現在有地震，很可能是因為我的心跳導致全地球都在震動的關係。

　　巧克力先跟大家介紹他今天要吃的「檸檬派」，再請充當攝影師的媽媽把鏡頭對準檸檬派，給它一個大特寫。接著，他用一把鑲著水晶的刀子切下一片派，吃進嘴裡後，就開始形容他的口感。

甜中帶酸，非常好吃！

歡迎收看「沒事吃美食」，我是巧克力。今天要試吃的是好吃烘焙坊最新出爐的檸檬派，先給大家看一下完整的派，吃起來甜中帶酸，有檸檬的香氣，非常好吃！

不是我在說，在一旁當特別來賓的我，一時之間感到很不可思議。那個每天在坐在我隔壁，嘴巴無時無刻都在動的巧克力，竟然就活生生的在攝影機前面，做他每天都在做的事：吃東西。

不過，他現在不只有吃東西，吃完還會講出口感，並實際教觀眾如何製作出這樣的食品。簡直跟媽媽經常在電視上收看的料理節目一樣。

雖然我的嘴巴又再次呈現高爾夫球場狀態，不過當他一喊到我的名字時，我的嘴巴又立刻變身為「拉鍊嘴」。

其實，巧克力事先完全沒有告訴我要在節目上做什麼。在開始以前，他只是微笑的對我說要用最自然的方式進行，所以不需要做什麼準備，畢竟觀眾最想看到的，是我們在鏡頭前真實的一面。

所以當他要我吃一片他自己做的檸檬派時，我就跟著照做，也誠實說出我的感受。

等一下我要說什麼？要特別準備臺詞嗎？

不用特別準備啦，觀眾就是想看到我們最真實、自然的一面。

頂一硬

……這一集除了試吃以外，我特別邀請了我的好朋友丁小飛來到節目現場，歡迎小飛！

丁小飛！開始了

呃……大家好，我是丁小飛。我是巧克力的同班同學，這個檸檬派……是什麼味道呢？呃其實我早上吃了臭豆腐包子，所以需要再吃一片，才吃得出味道。

嗯這個味道嘛……我不知道怎麼形容……

接著，我突然想到一件超級無敵重要的事：我的滑倒皮鞋！

由於這次的拍攝場景都是站在料理臺後面，如果沒機會讓觀眾見識到我的滑倒皮鞋，那不就太可惜了？為了不

讓滑倒皮鞋失望，我刻意走到攝影機前面，還故意不小心用水灑到我的鞋子上。但不知道為什麼，巧克力突然手忙腳亂，趕緊換了話題。

雖然我還是不知道我的頻道名稱，可是好不容易有機會上巧克力的節目，當然無論如何都要趕快想出一個！

於是，我看著手中的杯子，就這麼訂下來了：

五十年後的丁小飛：

你會不會常常有種感覺，就是困擾你很久的某一件事，卻在一瞬間蒸發得無影無蹤？然後你會突然感到世界真美好，連阿達都顯得特別帥，小妹的尿布也發出香水味，爸媽還不停的稱讚你有多聽話？是的，現在的我就有這種感覺！

阿達特別帥

小妹的尿布特別香

爸媽都稱讚我是好孩子

難怪媽媽經常說，把煩惱的事先做完，就不會再感到煩惱了。但她都不知道，其實讓煩惱的事在最後一秒自然的蒸發掉，什麼都不用做，就跟晒衣服一樣，才是最厲害的方式。

自從上了巧克力的頻道以後，我整個人都感到輕鬆不少！實在很慶幸當天我選擇的主題，因為只要喝喝好喝的飲料，講講我的感覺，就可以變成網路直播小明星了！為什麼之前我都沒想到呢？雖然比不上睡覺直播，但也還滿適合我的。我現在終於能夠體會阿達經常掛在嘴邊的哲理了，那就是「**拖到最後一秒的緊張才會激起我的智慧**」。

說到阿達，我不得不承認一件事。自從他開始對著電腦大聲朗誦成語以後，我發現我每天的困境都是用他的成語來替我解圍。雖然我還是不知道，為什麼阿達突然對成語產生這麼強烈的興趣，但是五十年後的丁小飛，該不會到現在你還需要阿達用成語來替你解圍吧？

三個臭皮匠，勝過一個諸葛亮。

也因為這樣，我今天照樣聽阿達的成語，按照他那一句：「**三個臭皮匠，勝過一個諸葛亮**」，請何李羅來我們家做我的助手。雖然何李羅對於我的新主題依舊不怎麼贊同，但依然花了好多時間來問我準備了什麼內容，甚至勸我把要講的話寫下來。

嗯！何李羅或許是對的，不過他忘了一件很重要的事，巧克力說，觀眾喜歡的就是YouTuber最真實自然的一面。但何李羅說，巧克力剛開始一定也有寫下要講的重點。不管三七二十一，等何李羅數到三，我就按下電腦的直播鍵，並要他遞飲料給我。我會拿起裝滿果汁的杯子，介紹這個頻道的新主題。

　　我學著巧克力的樣子，介紹了飲料的口味，然後咕嚕咕嚕的喝完，接著，說出我的感想。

嗯……今天的飲料好好喝，有甜甜香香的味道，好像是蘋果。你們猜猜看是什麼果汁呢？提示：水果的皮是紅色的！

你都講出答案了……

　　我自己在鏡頭前講了四分鐘以後，就沒話講了。我想了很久，才又冒出最後一句很重要的話：「謝謝大家的觀賞，今天的節目結束了，請訂閱我的『丁小飛的Show Time：飲料大驚喜』！」

等我按下停止直播的按鍵後，便興奮的詢問何李羅，請他說出他的想法。當然，我知道他肯定會鼓掌叫好，讚美我的表達能力。只是沒想到他拿出一張紙，紙上記錄著他在後臺幫我想了幾個需要重新思考的方向。

嗯，**不是我在說**，何李羅的想法的確挺不錯的。

這時，我突然想起巧克力媽媽是製作人，專門負責幫巧克力打點頻道的事情，也包括幫他發想有趣的內容。

所以我決定了！五十年後的丁小飛，我決定邀請你現在的顧問何李羅，當我的「製作人」！

9月28日 星期六

五十年後的丁小飛：

自從邀請何李羅當我的製作人以後，許多事情都變得很輕鬆，因為他都會事先幫我想好一些有可能碰到的問題。但也因為這樣，常常造成我們之間的口角。例如，他總是要我用更好的形容詞說出飲料的味道，而不是每一次都是「好甜、好好喝」。

為了改善這樣的情況，他還寫出許多形容味道的詞句讓我用。好吧，既然他花了這麼多時間寫這些，我就派上用場，但效果好像也不怎麼樣。

可惜的是，觀賞我們節目的觀眾從原本的三十九位，掉到了可怕的個位數：八。更尷尬的是，這八人之中有七個人是我們認識的，包括了老爸、媽媽，還有何李羅的家人。這真是太丟臉了！本來那三十九位觀眾當中，有很多都是巧克力的粉絲，他們也是看到我上「沒事吃美食」的節目才追蹤我的頻道。但沒想到他們如此不講義氣，就這樣離我而去……

粉絲們不要走啊～

沒關係，就像上次阿達的成語說的：真金不怕拉鍊？還是真金不怕火煉？反正重點是，我們肯定可以想到辦法突破個位數！

為了讓我們的頻道觀看人次衝破十位數，我很有技巧的請爸媽用各自的電腦觀看，所以成功的衝到九人，再加

上何李羅也很努力的在班上幫我宣傳，所以觀看人數已經達到十位數了！

　　五十年後的丁小飛，我開始想要說服爸媽再買一臺電腦，搞不好可以藉機巴結阿達，請他也上線觀賞，這樣我們的觀眾就有十一個人了。但是我也很懷疑，就算多了一臺電腦，阿達還是不會理我。

五十年後的丁小飛：

今天一大早，我正在房間跟重要人士「周公」努力的下棋，突然有人用力敲門。

何李羅連電話都沒有打，就直接跑到我們家，手中拿著一杯飲料，上氣不接下氣，但臉上充滿興奮的笑容。我盯著他手上的飲料，裡面有一條一條螢光綠、螢光黃的東西飄來飄去，還有濃稠的團狀物隨著杯子的晃動而滑來滑去，有點噁心，看起來很像外星人會喝的東西。

不得不說，他的建議挺有趣的。

何李羅迫不及待說出他想好的流程：「丁小飛、丁小飛，你喝完以後，我會把電腦拿近一點，特寫照你的臉，然後可以說一下你的感覺和猜測。但是千萬要記住，絕對不可以馬上說出答案，要等我的指示！」

原來，何李羅打算先看看觀眾的反應，才要我公布答案。不但如此，他還請程友莘在她的「手指上的可愛毛線娃娃」節目中幫我們打廣告。

老實說，對於要喝一杯不知道是什麼口味，看起來又像是外星人喝的螢光蟲飲料，已經讓我全身發毛。現在製作人居然要我邊喝邊問觀眾，還要在我耳邊不停的提醒我要說哪些話，並且注意螢幕裡觀眾的回應。其實他都不知道，我的眼睛已經像吸盤一樣，被這一杯外星人的飲料吸走了。

丁小飛、丁小飛，你可以先跟觀眾打招呼，再跟大家介紹今天要喝的飲料，再試喝一口並說一下你的感覺……

呃這杯飲料裡頭有像螢光蟲一樣一條一條的東西……

我原本要問幾百個關於這杯飲料的問題，但一聽到他大喊：「開始！」我馬上舉起杯子，看著螢幕，手不停的發抖。如果現在有地震，應該就是我的手發抖震動到了地球表面。

　　好在我的製作人何李羅趕緊在電腦後面比手勢要我喝飲料，我才回過神。我看看他，又看看手中的飲料，好吧！如果真的是外星人的飲料，那麼五十年後的丁小飛，你現在可以跟外星人大聲宣布：小學四年級的時候，你就已經喝過跟他們相同的飲料了！

　　當我努力鼓足勇氣，準備插下吸管的那一刻，何李羅拿了一張很大的大字報，上面寫著「20」！我簡直不敢相信，我們的觀看人次已經衝破二十人了！為了不辜負這二十位觀眾，我深呼吸、蹲馬步、雙手在胸口左右搖晃、再往上跳三下，為即將要喝下外星人的飲料，做足暖身運動。**不是我在說**，如果喝下去以後，我突然消失在地球上，五十年後的丁小飛，請你務必要派身邊的外星人去尋找我的蹤跡。

當吸管「啪」一聲刺進飲料杯時，有一股濃稠的米味
衝到我鼻子裡。我閉著眼，喝下一大口後，胃馬上開始咕
嚕咕嚕作響，而我剛剛發抖到使整個地球跟著震動的手，
現在已經震動到全宇宙了。

我屏住氣息，用力吸一口，根本來不及看何李羅的大字報，就看到有一些觀眾在螢幕上打字，紛紛留言猜是牛奶、西米露、粉條……這些都還好，但是當我看到有人說是螢光蟲、塑膠玩具加豆漿時，我的胃又開始咕嚕咕嚕作響了。

五十年後的丁小飛，這個時候，我的腦筋已經打結了，如果不能趕快飛到外太空，很可能將上演一段比睡覺時放屁、打嗝還要更糗的事。

可惜很不幸的，這件事還是在觀眾面前活生生的上演了。這件事可以用一個字來形容，但在這裡我就不寫、也不畫了。不然如果這段日記被外星人找到，可能會拿來當

作威脅你的武器。

　　我只能用非常神祕的解碼方式來告訴你。這件事其實只有一個字，而這個字可以拆解成兩個字。提示你：這兩個字如果要拿來編成造句，那應該會是這樣：

　　「**口齒不清的阿達是土生土長的外星人。**」

　　猜猜看，到底是哪兩個字合起來之後，可以變成我發生的慘事？

　　答案就是：**口和土**！

　　是的，很不幸的，我就這樣在鏡頭前面上演了這個可怕的字！

五十年後的丁小飛：

不知道你還記不記得這段很有名的打油詩：

「今天星期一，猴子穿新衣；今天星期二，猴子肚子餓；今天星期三，猴子去爬山，今天星期四，猴子看電視；今天星期五，猴子去跳舞；今天星期六，猴子去斗六；今天星期七，猴子擦油漆；今天星期八，猴子吹喇叭；今天星期九，猴子去喝酒……」

雖然我實在不了解為什麼有星期七、八、九？不過這不是重點。重點是，現在的我聽到這首打油詩，都會很想假裝自己不是丁小飛。因為自從我上個星期發生「口和土」事件以後，大家突然都充滿了創意，改編成這樣：

不是我在說，首先，根本沒有星期十！再來，我上的不是電視，是網路節目！

但不管是電視還是網路，大家的重點還是在「口和土」的結合體那個字上面。

爸媽得知我的遭遇後，給了我不少建議，像是再做一件更厲害的事，或者再講一個更好笑的笑話，就可以讓大家轉移注意力。拜託，這種不怎麼樣的方法，是不會讓同學停止嘲笑我的。

於是，今晚當我垂頭喪氣的經過阿達房間時，便故意停下來躲在牆壁後面，希望能夠透過他的每日成語來為我指點迷津：

原來我是死馬？

今天的成語是，死馬當活馬醫。意思就是為了挽救糟糕的狀況，總是要試試看……

回到房間以後，我把刺蝟筆記本拿出來，依照媽媽的建議趕快研究幾個笑話，好讓大家盡快忘記我的「口加土」事件！

10月 4日 星期五

五十年後的丁小飛：

我證明了老爸和媽媽的建議是失敗的。今天一早，我立刻說出昨晚絞盡腦汁想出來的幾個冷笑話，大家不但沒有笑，還再次提醒他們「口加土」事件，真是尷尬。

放學後，何李羅突然帶著微笑跑到我旁邊，說有個意想不到的好消息。說老實話，上次要不是他異想天開的拿了一杯外星人飲料給我喝，我就不會慘遭「口加土」的下場。雖然何李羅後來不停的跟我道歉，我也知道他是好意，但我開始懷疑封他為我的製作人是不是太勉強了？

話說回來，從我認識何李羅的第一天開始，他就一直戴著那副厚厚的棒棒糖眼鏡。他曾經說過，這副眼鏡是在德國還是西班牙之類的地方買的，據說鏡片堅固到如果有人不小心用刀片劃到，都不會有痕跡。他每天會花很多時間清理，所以眼鏡永遠在反光，他也從來沒有拿掉過。

但是現在，眼前的何李羅完全變了。今天是有史以來，我第一次看到何李羅摘下眼鏡，還一邊用衣服擦擦他

那副寶貴的棒棒糖眼鏡，一邊宣布他剛得知的好消息：

丁小飛、丁小飛，你一定不敢相信，你那集的飲料大驚喜直播，竟然有一百多人回看影片！

首先，我現在才發現原來他的眼睛還滿大的。再來，如果有一百多人回看，那表示我的「口加土」事件又被更多人看到了，那才不是一個好消息。

不過他馬上搖搖頭，很興奮的說，我的影片後面有「彩蛋」！

彩蛋？我、就、知、道！那杯飲料難道真的是外星人喝的東西？搞不好是因為我喝了某一位外星人媽媽的蛋，結果彩蛋就遺落在桌上⋯⋯

但何李羅說，

　　一回到家，我馬上開啟電腦，回看我們那一集「飲料大驚喜」。何李羅很識相的把前面我「口加土」的片段快轉，但**不是我在說**，就算是快轉，都還是會讓我再次的「口加土」！等轉到差不多只剩下幾分鐘，他將影片調回正常的速度，要我仔細看。

　　五十年後的丁小飛，

　　你還記得彩蛋是什麼嗎？是小妹！

　　原來那天「口加土」的事件發生以後，我立刻跑到廁所，但是直播並沒有暫停，結果小妹走到我房間，把飲料杯打開，還把裡面那一根根奇怪的螢光漂浮物撈出來，攤

在桌上，然後一根根吃下去。何李羅說，這支影片下方有
好多留言全都是衝著小妹而來……

啊姆——

LIVE

小明：好可愛喔！

姍姍：這個小妹妹太可愛了！

汎汎：這是丁小飛的妹妹嗎？

小喜：她之後也會跟哥哥一起直播嗎？

我讀完所有有關小妹
多可愛的評論以後，關上
電腦，默默看著我的製作
人。他跟我的眼神裡彷彿
出現火花和閃電，嘿嘿，
我們知道該怎麼做了！

嘿嘿

呵呵

10月5日 星期六

五十年後的丁小飛：

我想，你肯定已經猜到我們要怎麼做了。還記不記得前幾天的日記裡，我有提到隔壁班的某一位同學也是個YouTuber？他的節目專門開箱新玩具，叫做「小宅開箱趣」。他每一集都會展示一盒新玩具，然後在觀眾面前開箱，把裡面所有的配件一一秀出來，還會示範如何玩。

不是我在說，為什麼這種簡單又好康的主題，都被別人搶先了呢？如果每天都可以在大家面前拆新玩具，還可

以順便成為YouTuber，那豈不是跟我夢想中的超級好吃
結合體，甜甜圈加泡芙一樣完美？

　　啊！說到這裡，媽媽經常說，每個人除了工作和上
學，最好要有別的興趣。你現在可以考慮一邊當宇宙總
統，一邊當泡芙試吃員，那麼，完美的程度應該跟那一位
開箱新玩具的同學差不多。

　　不過沒關係，雖然現在的我還沒完美到五十年後的境
界，但七龍珠老師常常說我們要退一步，才能海闊天空。
既然我的放屁、打嗝及「口加土」事件影響了我的形象，
那麼只好派小妹來替我挽回收視率吧！

我想了很久，決定每一集都讓小妹開箱，然後我來訪問她的感想。雖然目前為止小妹會講的話就只有幾個字。

但為了完成我的YouTuber夢想，不管三七二十一，就先這麼做了！起碼，可以吸引更多人來觀賞我們的直播，到時候搞不好可以再次回到我的第一志願主題，就會有很多人願意熬夜收看我睡覺。

不過，有一個問題是：我沒有錢買那麼多新玩具。為了這個厲害的主題，我把存了好久的撲滿拿出來，結果竟然只剩下五十元。我立刻叫我的製作人何李羅也貢獻一些錢出來買新玩具，但他十分猶豫。

沒問題啦！我們可以讓小妹來開箱新玩具，挽回粉絲的心。不過我只有五十元，身為製作人，你也要貢獻一點吧？

呃……這不是錢的問題，而是小妹會說的話太少了，如果她來參加直播，我怕會不夠精采…

爸爸媽媽
哎哎巴巴
達達飛飛

我覺得何李羅實在擔心太多了。但是為了讓他更放心，我想到一個更讚的建議，去偷聽阿達的每日成語！

　　何李羅已經聽我說過好幾次，關於阿達這陣子的成語預言，加上他本來就有點崇拜阿達，還曾經試圖跟他一起練習念力，所以馬上就相信阿達突然有了預知能力。

　　五十年後的丁小飛，如果你的健忘症再次發作，請翻閱一下我的第三本日記《副班長爭奪戰》，就會知道我在講什麼了。

　　為了不驚動阿達，我和何李羅踮著腳走到阿達的房門口，一人站在一邊，準備聽聽看他今天要背誦的成語。

孤注一擲，
就是豁出去了！

聽完以後，何李羅果然雙眼一亮，對著我猛點頭。**不是我在說**，現在我們竟然要靠阿達莫名其妙的成語來決定節目主題，這跟擲骰子根本沒有太大的差別。五十年後的你，應該也是用擲骰子來決定很難決定的事情吧？

但是，就在我準備回房間以前，發現一件很奇怪的事。何李羅比我早離開阿達的房門口，所以沒有聽見，當我離開阿達的房間時，竟然聽到成語以外的句子。

「謝謝大家？」為什麼阿達要謝謝大家？他不就只是在背成語嗎？

10 月 6 日 星期 日

五十年後的丁小飛：

我想了一個晚上，終於想出為什麼阿達會說出「謝謝大家」！他一定是下定決心要參加學校的演講比賽了。

我知道你現在一定覺得，要相信阿達會參加演講比賽，簡直比相信金魚要統治宇宙還困難。

不過據我所知，阿達最近很積極的想要請媽媽幫他買一臺屬於自己的電腦。上次我不小心走過他的房間時，聽到媽媽對他說：「如果你願意報名參加演講比賽，我們就考慮買一臺電腦給你。」

所以，這不是完全不可能的。

而且，其實我也很希望阿達能趕快擁有一臺他自己的電腦，不然我每次都要跟老爸或媽媽借，或者得事先「預約」電腦，實在有點麻煩。而且我和阿達經常為了用電腦的事，發揮超強的記憶力來吵架，因為我們必須把幾百年前的各種小事都翻出來。

不是我在說，為了要多用幾次電腦，我最近只要想到小時候的事，都會拿出筆記本寫下來。

後來爸媽發明了一個新制度，叫做「實名登記」。據說是以前媽媽在排隊領口罩時，排太久而想出來的方法。

這個方法就是我和阿達必須在一個星期以前，登記各自想使用電腦的時段，然後媽媽會在電腦上設定一個密碼和計時器。當我們登入電腦後，一定要用自己的密碼。假如我當初登記的時間是兩個小時，那麼電腦在使用兩個小時後，就會發出通知的鈴鐺聲。

鈴聲一旦響起，我們就必須將電腦關上。如果剛好碰到兩個人都需要用的時段，也可以先跟老爸登記，借用他的電腦。

自從我決定要踏入網路直播界以後，用電腦的時段增加不少，所以借用老爸的電腦次數也越來越多。但他的電腦非常複雜，所以我經常會不小心碰到別的檔案。據說這

些不小心被我碰過的檔案，經常會讓老爸在上班的時候，被大家笑到把桌上的東西都拋飛到半空中。

所以，我可以感受到老爸努力、極力說服媽媽再買一臺電腦的必要性。

好了，說了這麼多，我還是要跟正在讀這本日記的各位粉絲們講解一下我的直播進度。上次說到哪裡了？

啊，對了。我要說的是，何李羅上次聽到阿達的成語「孤注一擲」以後，竟然對於我的建議投下贊成票！他說既然阿達的成語如此預言，就先「孤注一擲」的試試看，讓小妹進行開箱趣吧！他願意拿出一百元，加上我的五十元，一共有一百五十元。

你要不要猜猜看，我們決定買什麼玩具讓小妹「開箱」呢？

1. 忍者刺蝟電玩

2. 樂高積木組合

3. 扭蛋

4. 以上皆是

如果你選了4，那麼你真的要好好檢討一下你的數學能力了，雖然你現在根本不需要用到數學，因為幫你做事的外星人都幫你算好了。

其他三個選項裡面，只有扭蛋符合我們一百五十元的預算，而且還可以進行兩次，所以答案是3。我跟何李羅都覺得如果只嘗試一次，會看不出真正的效果，所以我們決定要試兩次，看看小妹的反應，和觀眾們的回饋。

今天是我們第一次進行小妹的開箱趣，所以我老早就在登記表格上寫下我的直播時間，確保阿達不會占用電腦。一回到家，我的製作人何李羅把我們剛剛一起轉出來的扭蛋放在桌上，小妹果然立刻就被吸引住！當何李羅一聲「開麥拉」響起後，我很自然的按下直播按鈕，跟大家說明今天的節目主題。

小妹果然有驚人的魅力！不到三分鐘，她已經吸引了不少觀眾上來留言，而且所有的人都說她很可愛。

接下來的步驟，就是要小妹將扭蛋打開，讓她研究裡面的玩具。我把扭蛋拿到她面前，她也很乖的按照我們的計畫，努力打開扭蛋。結果你猜猜看，裡面是什麼東西？

我很想再次提供選擇題，但我已經迫不及待想馬上宣布這個令人振奮的消息，所以就直說了！裡面竟然是我和阿達努力了好久都沒有拿到過的……精靈球鑰匙圈！

我實在是太興奮了！如果阿達今天也有背成語，那我保證肯定是「雙喜臨門」，或「兩全其美」，還有「半斤八兩」，也有可能是「四兩撥千斤」，雖然後面這幾個聽起來怪怪的，但你了解我的意思就好。

話說回來，小妹的表現也很令人讚賞，真是天生的直播女王啊！她開心的拿著精靈球鑰匙圈繞來繞去，跟著我一起跳舞，吸引不少觀眾的留言。

我的網紅人生正式起步！五十年後的丁小飛，我要再一次的提醒你，千萬不要忘了找一個重要的時機，在全宇宙面前謝謝當年幫你踏上網路紅人之路的小妹喔！

等我們跳完舞，我開始用哥哥的身分訪問我最親愛的小妹。雖然她的回答永遠都搭不上我的問題，但這就是當小小孩的好處，就算不知道答案，大家都還是會覺得她很可愛。

結束後，我馬上跟何李羅擊掌！我們都知道，這次直播是目前為止最大的成功！我甚至已經在腦海裡想好以後接受媒體訪問時，要講什麼來啟發其他想要當網路直播主的同學們⋯⋯

到了吃晚飯時，我的嘴巴不但沒有處於「高爾夫球場」狀態，而且還發展成最新的「一片西瓜嘴」狀態。

奇怪的是，今天阿達的每日成語突然不靈光了。原本我以為他會背「雙喜臨門」之類的成語，結果卻出現不大妙的四個字。

我決定假裝沒聽見，或者繼續跟奶奶和三秒膠當同班同學，就是過三秒以後就自動失憶。

10月9日 星期三

　　五十年後的丁小飛：

　　如果你現在想問我，當網路直播明星是什麼感覺？

　　我只能跟你說……得不償失。

　　你一定不敢相信，我的頻道竟然被迫關掉了！**不是我在說**，阿達的成語預言，怎麼好像就是在形容我的直播之路呢？他那一句「得不償失」，果真應驗在我身上。

　　到底是怎麼回事呢？你一定想都沒想到，這次直播雖然一舉成功，但居然有人提出抗議。那個抗議的人不但住在我們家，還將我所有做錯的事一一列出，然後鎖住電腦，又把有小妹的影片全部從我的頻道中刪掉！除此之外，竟然還打碎我們有可能買另一臺新電腦的美夢。

　　這個人到底是誰，竟然有如此大的權力，阻斷我再跨一步就成為網紅明星的偉大計畫？

　　五十年後的丁小飛，雖然你現在身為全宇宙的領導人，但想必她還是經常到你公司提醒一些你忘記做的事，因為那個人，就是你偉大的媽媽。

在「小妹開箱趣」播出的第二天，媽媽說：「小妹的年紀太小，為了她的安全，我不希望她公開出現在網路頻道上。」

除此之外，媽媽又增加了好幾項需要注意的事項。例如，每個星期只能開三天的直播，功課還要先寫好，也不可以再讓小妹出現在影片中。除了何李羅，如果有其他人要加入頻道，都需要經過她的同意。

就這樣，我的美好計畫全都變成泡泡般飛走了。我有點沮喪，就連何李羅也感到有些可惜。

我們兩個在放學後，一起到小木屋討論。我們不知道該如何選擇下一個主題，甚至開始考慮放棄。正當我們打算回家時，程友莘跑過來，她很有耐心的聽完我們的想法，而我也告訴她，從睡覺到喝飲料，再從喝飲料到小妹開箱，我的直播好像都不怎麼順利。然而，當YouTuber這件事，不是應該跟睡覺吃飯一樣簡單嗎？

趁著這個機會，我認真的問了她好多問題，也想知道她的心路歷程，她很大方的跟我分享不少她的理念。

你會先練習直播要做的毛線娃娃嗎？

會啊。我希望跟大家分享我喜歡的東西，所以在直播以前都會先練習做一遍，看看別人能不能看懂，影片內容是否真的有趣⋯⋯另外，我覺得做節目最重要的是，要先找到自己喜歡、感興趣的事情。

做YouTuber這件事，不是應該跟睡覺吃飯一樣簡單嗎？但我總是不順利⋯⋯

程友莘，你的節目都是怎麼做的啊？

我再度拿出我的「刺蝟筆記本」，寫下程友莘傳授的祕訣。我看到上次去看巧克力錄節目時做的筆記，所以也把上次的問題再問一次。

　　喔！所以除了找好製作人以外，也需要找到自己喜歡、感興趣的事物？

　　沒錯！因為我平常就喜歡做手指毛線娃娃，所以這個節目對我來說，就是在跟大家分享自己平常的興趣。

　　程友莘還說，現在雖然也有不少人收看她的手指毛線娃娃節目，但並沒有像巧克力的觀看人數這麼多。不過她從來都不是很在意有多少人看，對她來說，只是想做自己喜歡的事，所以根本不在乎有多少觀眾。

　　她笑著回答我很多問題，還說我問的問題都很好呢！最後，程友莘提出了一個很重要的問題：「丁小飛，你最喜歡做什麼呢？」

這個問題就好像一支蒼蠅拍，狠狠的打中我內心的那隻蒼蠅。呃，忘了跟你說，蒼蠅拍是電子的，所以我的意思是，內心有觸電的感覺。

她講得很有道理。我想來想去，只有一個答案，打電動！這就是我最喜歡做的事，而且我可以每天二十四小時不眠不休的往前衝！

五十年後的丁小飛：

我很開心的跟你宣布一件事：五十年前的你，今天正式朝著自己的興趣來發展直播！

通常偉大的人興趣都很多元，所以我也有滿多興趣，雖然媽媽說那些都不是興趣，而是「有待改進的習慣」。

丁小飛的三大興趣
丁小飛三大有待改進的習慣：

用晒衣夾夾眼睛

上課偷看漫畫

偷偷將小妹的髒尿布
放在阿達床下

無論如何，有一件事情絕對可以稱為興趣，而且要我二十四小時都做這件事也沒問題！那就是打、電、動！

　　何李羅也特地做了一些調查，他說大部分喜歡看打電動直播的人，都希望可以看到別人的遊戲畫面，因為這樣他們會覺得自己也跟著直播主一起打電動，比較有參與感。但問題是，一般直播的影片主角都是自己，如果要跟觀眾分享電動遊戲的畫面，就會變得稍微複雜些。

　　何李羅講得口沫橫飛，但我聽到一半就快要睡著了。再來就是，爸媽說如果要下載新的軟體程式到電腦裡，一定要先問過他們，並且由他們來下載才行。但是這件事情關乎到我能否成為偉大的網路頻道主，所以晚上吃過飯以

後，我就像超級英雄一樣，戴上面具，變身成為「忠孝仁愛版丁小飛」！

不要小看這個「忠孝仁愛版丁小飛」，要變身成這個版本是十分辛苦的。我需要無時無刻注意自己的一舉一動，還得做出我平常不會做的事。

等到一切就緒，當老爸或媽媽開始稱讚我的那一刻，就要立即採取行動，跟媽媽提出下載新程式的要求，可惜媽媽竟然還是拒絕了！

於是，我從「忠孝仁愛版丁小飛」不小心再度變身，成為自己都停不下來的另一個版本：「可是所以版丁小飛」。

很不幸的，這個版本的丁小飛每次下場都一模一樣，就是結局比預期的還要慘好幾萬倍。原本媽媽規定一個星期只有三天可以直播，現在卻變成一個星期只能上網一次！而且直播也算一次！

就當我沮喪到抬不起頭來時，經過阿達的房間，聽到他講出這句成語：「**不屈不撓**，就是不放棄的意思。」

這一定是老天爺在提醒我！我決定使出有史以來最強烈的不屈不撓精神，繼續上網！

雖然我這個星期已經直播過一次，但趁著晚上睡覺以前，我還是偷偷到客廳打開電腦五分鐘，準備觀察別人的

頻道。沒想到一向可以睡到天荒地老的小妹，居然半夜自己爬下床……

然後這次的懲罰可說是歷來最嚴重，也是最令人搥胸頓足的一次！

五十年後的丁小飛：

我現在進入了痛苦不堪的時期。不是冰河時期，也不是恐龍時期，而是更可怕的「冷火雞時期」。

讓我來介紹什麼是「冷火雞」。但在這之前，讓我先介紹一下我的英文老師，駱駝老師。駱駝老師來自美國，這位駱駝老師曾經教過我們一句英文：「Cold Turkey」，中文就叫做「冷火雞」。他說，「Cold Turkey」就是戒掉某一樣習慣之後，會度過的一段痛苦時期。例如，他曾經「Cold Turkey」戒掉他最愛喝的珍珠奶茶，也曾經「Cold Turkey」戒掉晚上滑手機的習慣，所以有一段時間很痛苦。但他鼓勵大家要往好處看，因為只要撐過這段日子，就會豁然開朗，未來再也不會依賴珍珠奶茶和手機！

Bye bye 珍奶、手機

我想我終於知道為什麼叫做冷火雞了，因

為最想做的事突然完全不能做，就會感覺自己很像被鎖在冰塊裡，冷得發抖。

這陣子因為被媽媽處罰，所以我完全無法上網，但是每次經過阿達的房間，我都忍不住想要進去看看電腦，即便是看他在電腦前唸成語也好，只要可以跟電腦近距離接觸，我就心滿意足了！但我還是忍住了，度過這一段痛苦的時期。

當了冷火雞兩個星期以後，我終於忍不住了！我開始想盡辦法要接近電腦，希望可以看看別人的影片，當然、或許、搞不好、突然、偶爾可以「不小心」進入自己的頻道，順便跟想念我的粉絲們打一下招呼。

不過這件事完全沒有發生，畢竟我實在不想再多當一個月的冷火雞，所以只好咬住牙，忍耐著一天天沒有電腦的日子，期待我的太陽趕緊出現。

10月22日 星期二

五十年後的丁小飛：

忍了這麼久，我的太陽終於出現了！可愛的陽光融化了身上的冰塊，讓我變成熱騰騰的烤火雞！

哇！太陽出來了，趕快讓我成為烤火雞！

昨天，七龍珠老師出了一個功課。她要我們寫一篇有關於零食的製作過程，並且要我們練習自己上網找資料，第二天上臺與大家分享。這簡直是我有生以來最想寫的功課！為了這個功課，我開心的向媽媽取得一張臨時上網的批准卡。

我走進阿達的房間，正準備大搖大擺的向他宣布「我要拿走電腦」時，看到他在電腦前默默閉著眼睛，什麼話

都沒說。其實我並不驚訝阿達可以練到坐著睡覺的地步，因為他已經練這個功練了好幾年，可以說是到了一種仙人的境界，而且我深信他應該跟我的棋友周公也是熟識。

既然他正在跟周公練功，我就乾脆默默的拿走電腦，到房間開始進行我的作業，順便趁著大家不注意時，偷看一下我的頻道，關心一下是否有粉絲留言。

結果，我竟然看到了一個很奇怪的畫面。

照理說，阿達如果在睡覺，那麼他的螢幕畫面應該是停在爸媽建議我們多看看的網頁，像是「科學百科」、「歷史小故事」或最近他熱愛的「成語小故事」……等等，讓大家以為他正在研讀這些有智慧的網頁。雖然我相信對他來說，這些都是他看不懂的外星人天書。不過，這次的畫面卻停在一個超奇怪的地方。

呃……這是忍者大會考嗎？

奇怪！這就好像之前全世界都陷入疫情的那段日子，我們班上進行視訊教學的螢幕畫面。我湊近電腦，看到有好多格子狀的小視窗，而且每一格都有不一樣的人，他們各個都穿著跟阿達一樣的忍者衣服，全都閉著眼，沒有人發現我的存在，也沒有人發覺阿達早已不在螢幕前。

　　我心裡頭突然冒出一座很大、很複雜的迷宮，而且我突然豁然開朗，想通了一件事：我跟《愛麗絲夢遊仙境》裡的愛麗絲一樣，闖入迷宮，卻不小心找到了答案！

我覺得我好像走出迷宮，找到答案了！

這位愛麗絲，你怎麼變得怪怪的？喝錯藥水了嗎？

從一開始看到阿達每天背誦成語，到他提醒我做睡覺直播前記得開燈，再聽到他說的那句「謝謝大家」，然後又總是穿著他那套從來沒洗過的忍者衣服在電腦前閉目養神，這一切原來都是因為⋯⋯阿達也在做直播！

我怎麼之前都沒有想到呢？以阿達的個性，他肯定會利用這個機會，好好展示一下他永遠也練不起來的忍者功啊！於是，我看了一下觀賞他頻道的人數，竟然已經超過了一百多個人！

然後，他的頻道就叫做：

我本來以為「芋圓」兩個字代表了阿達會順便賣芋圓，結果越想越不對。基本上除了忍者以外，其他的事情對阿達來說都像塗上了一層黏膠，什麼都看不到也聽不到。我猜他應該連芋圓是什麼都不知道吧！

依照阿達的國語文程度，我猜他的頻道原本是想要取「忍者的成語預言」，但無論如何，他的錯字和成語竟然能吸引這麼多粉絲，看來有沒有錯字實在也不是重點。

就在我專心研究他這個頻道的同時，螢幕上有一個人突然發問：

原來如此！所以這些人都在跟著他學習當忍者，並等著他說出一句成語，而這句成語應該就是「預言」。要是

在以前，我大概會覺得這只是阿達隨口說一句唬人的成語罷了，但這一陣子，他的成語確實活生生的應驗在我身上，我開始懷疑……難道他真的變成了「忍著」，而且還能說出「芋圓」預測未來？

五十年後的丁小飛，請從這一刻起，讓你的哥哥阿達搬進來跟你一起住，相信這對你絕對有幫助！

我馬上拿起筆記本和電腦，衝進阿達房間。我把電腦放回他面前，等他睜開眼再趁機問個明白，順便在刺蝟筆記本上記錄起來，好激發我下一次的主題！

不是我在說，對於忍者這件事，阿達的認真程度簡直比一〇一大樓還要高，也難怪媽媽經常說，只要阿達把練忍術的毅力放在學業上，肯定會成為全校模範生。

但你也知道，阿達要當上模範生的可能性，遠遠比金魚當上宇宙總統的可能性還要低。還不如在流星下許願，讓他哪天真的練成忍者，這樣的成功機率可能還高一些。

此時，阿達依然閉著眼，一隻手從右邊的鐵罐頭裡抽出一張紙，打開來看一眼，口中冒出一句今天的成語：

化敵為友，就是將平常看不慣的人納為朋友，成為合作的力量……

天啊！他怎麼知道我心裡正想著要借用他的功力來為我效命？

平常我雖然跟阿達不在同一條線上，但如果可以借用他那一股莫名其妙的吸引力，搞不好可以幫助我早日達成人氣YouTuber的美夢！

於是，我跟著他盤腿坐在地上，閉起眼睛，正打算進

入他「忍著」的世界時，突然……

忍者阿達，為什麼你旁邊有人，後面還有兩雙腳？

糟糕，原來不只有我出現在螢幕上，還多加了老爸和媽媽！我一看到他們生氣的臉，就知道這下完了。

媽媽說，原來阿達做了這麼久的直播，卻都沒有跟他們報備！不但如此，媽媽覺得阿達隨便跟大家講一句成語當作「預言」，是非常不負責任的行為！

所以，阿達要被罰一個月都不能上網，而且不可以再擁有自己的「芋圓」頻道！

至於我，媽媽說既然我會發現阿達有直播，表示我一定又在上網偷看別人的頻道，所以要延長我禁止上網的處罰時間。

我低頭看著我的刺蝟筆記本，看來，阿達八成是不會告訴我任何有關網路頻道主的心得了。

五十年後的丁小飛，當小學生真不容易。如果可以，我真希望有一臺時光機，就可以到未來去直播你當宇宙總統的一舉一動，肯定比當網路頻道主容易一百萬倍！

10 月 23 日 星期 三

　　五十年後的丁小飛：

　　在這一段不能直播的日子，我的生命好像枯掉的樹木花朵，就連身邊的好友都無法令我提起精神。每天當我眼巴巴的看著其他同學，在教室聊起哪些網紅上傳的影片，心裡就很不好受，感覺就像被蝸牛踩過去一樣。

　　下課時，我一個人在座位上聽著大家的討論，自己則默默看著刺蝟筆記本，假裝什麼都沒聽到。就連巧克力都跑來問我，最近怎麼都沒有開直播？我只能拿出我的筆記本，假裝很忙。有一天，坐在我後面的製作人何李羅看到我的筆記本，提出一個很不錯的建議。

丁小飛、丁小飛，既然你現在暫時無法直播，不如趁這個空檔去訪問一下其他YouTuber的拍片心得？

訪問？

嗯……他雖然說的沒錯，但是要我用失敗者的身分去訪問成功的YouTuber，真的不是魷魚滋味。

當然，我最想問的，還是我那位忍者哥哥阿達。

但是他到現在都還在生我的氣，所以每次我去敲他的門，他都只有兩個字：

不是我在說，好歹他也應該多加一個字：請走開，這樣才是有禮貌的忍者啊！

10月26日 星期六

五十年後的丁小飛：

就這樣過了三百年沒有上網的日子，今天媽媽突然宣布一件事：她要帶我和阿達一起去一個很有趣的地方。如果要我猜，媽媽對於「有趣」的解釋通常會是：

1. 要我們做義工，撿垃圾之類的。

2. 要我和阿達和好，故意把我們放逐到一個荒島。

3. 要我們親眼目睹吵架不和好的悲劇，例如，去聽奶奶哭訴她以前跟過世的爺爺吵架，沒和好的遺憾。

4. 以上皆是。

五十年後的丁小飛，這一次不但沒有「以上皆非」的選項，而且我內心有很強烈的感覺，答案很可能會是：4.以上皆是。這時，阿達的臉上也寫滿無限的無奈，看來他已經在內心圈下第四個選項。

在出門以前，媽媽要我帶上刺蝟筆記本，因為可能有機會記錄下一些有關直播方面的事。我心裡又再次產生「點點的感覺」，不停的在想，難道媽媽終於要買一臺新

電腦給我，所以要我記錄一下新電腦的功能？

　　我們跟著媽媽來到一棟大樓，又進入一間小辦公室，看到兩位和藹可親的大姐姐和大哥哥。他們微笑的歡迎我們，然後那位大姐姐又趕緊把一些稿子拿給媽媽研究。至於另一位大哥哥，則將架好的攝影機對準大姐姐和媽媽的角度，還把燈光打開。

　　原來媽媽帶我們來這裡，是因為她今天要接受一個直播節目的訪談，要來介紹她工作的非營利機構——「讓地球呼吸」。我趕緊拿出筆記本，記下他們的一舉一動，順便問問這位大哥哥有關直播的技巧。

不是我在說，訪問媽媽的這位大姐姐雖然有準備稿子，但她早就背得滾瓜爛熟，只是看了幾眼，並根據媽媽的回答而繼續延伸出更多重要的問題。

　　我和阿達看得津津有味，隨著他們的訪談也更了解媽媽的工作，我也發現媽媽偶爾會看看稿子，但講到重要的答案時，她會隨著自己的情緒來表達意見。

　　這個訪談過程大概只花了二十分鐘，等到她們結束，我立刻抓住機會，帶著我的筆記本問問題。這位大姐姐非常有耐心，回答了我所有的問題，也送我一段很重要的話：「做直播很有趣，但是要有耐心，內容也要經過策劃，一定要和被訪問的人事先討論，不停的反饋、改進，不管什麼主題，都是需要經營的。」

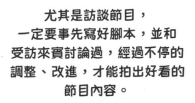

尤其是訪談節目，一定要事先寫好腳本，並和受訪來賓討論過，經過不停的調整、改進，才能拍出好看的節目內容。

當YouTuber、拍影片雖然很好玩，不過長期經營一個自己的頻道並不容易，不管你想拍什麼主題，都需要持續累積和努力，否則粉絲和觀眾很容易就看膩了。

我還以為訪談節目只要兩個人在鏡頭前講講話就好了。原來成為YouTuber沒有我想像中那麼容易！

　　我問了將近三十分鐘以後，媽媽說大姐姐和大哥哥都還有別的工作，所以我只好關上筆記本離開大樓。

　　回到家以後，我反覆思考所有記錄下來的內容，得出一個很重要的結論：

原來當YouTuber沒有我想像中那麼容易！

五十年後的丁小飛：

雖然一個月不能上網的懲罰已經結束，但身為未來宇宙重量級的領導人，我除了打算回到直播界，最近也一直在做一件事：繼續記錄所有關於YouTuber的疑問。

自從上次看到媽媽去參加直播，當特別來賓以後，我的心裡就開始冒出更多問號，很想得到答案。為什麼經營網路頻道要有耐心？為什麼一定要準備這麼多稿子？難道隨興直播不行嗎？為什麼要花這麼多時間準備燈光，讓觀眾看不清楚有什麼影響嗎？

還有，上次的訪談讓我更了解媽媽的工作，原來問問題非常重要。

我決定把這些重點全都寫下來，也把我腦袋裡想到的疑問記下來，打算問問身邊的人。不但如此，我決定把大家的答案，用錄影的方式錄下來。沒辦法，五十年前的我還沒有發明出最新型號「不用講話也聽得懂」的機器人來幫我記錄，所以只好用錄影的。

我把筆記本拿給何李羅看，他看到我寫下了這麼多問題，嚇到眼鏡都快彈開了。有多少問題呢？如果現在有外星人進攻地球，他們聽到我的問題，可能都懶得攻打了，就是這麼多。

何李羅看完我所有的問題和想法，說這些問題都很好，錄下來或許可以一直回看，他自己也會經常複習之前錄下來的教學影片，對他的學習很有幫助！

今天放學後，程友莘同意到我們家。我立刻把筆記本和電腦都拿出來，打算讓她邊回答邊錄影。她看到我舉出這麼多問題，露出了微笑。

「丁小飛，這些問題都很好，很重要！一旦了解觀眾想要看什麼，再探討自己想要表達什麼，就知道如何重新計劃。」

我有點不好意思：「呵呵，我也沒想這麼多，其實現在想想，就算沒有當成YouTuber也沒關係。但上次看到大人的直播節目好專業，我就突然想知道為什麼！這種感覺好像……」

好像小妹的尿布突然無論多大包都不臭，但我卻有強烈的渴望想知道為什麼突然不臭了啊？

我也希望是這樣！

當然，她還是很有耐心的解答了我所有的問題。

燈光很重要，因為明亮的環境會給人開朗、愉快的感覺！

大部分的觀眾都想要看讓自己愉快的東西。

至於要有耐心，是因為需要時間來慢慢培養節目的氣氛，也需要時間累積觀眾。

那你有經歷過節目很失敗的例子嗎？

有啊！有一次我買了新的編織工具，但我沒想到其實大家都沒有，所以看的人很少。所以在規劃內容時，也要考慮看看對觀眾是否實用。

觀看次數：22
8則留言
沒有這個工具嗚嗚嗚
我家沒有這種

我們不知不覺聊了好久，加上何李羅也帶了巧克力來我們家，說他可以一起跟程友莘回答我的問題。大家一起討論，讓我蒐集了更多意見！

嗯，燈光的話，我覺得因為食物需要用亮度來襯托它的美味，所以很重要。

至於耐心是一定要的啊！尤其是當場做的美食，有時候我得先練習好幾遍，才能很成功的錄完。而且影片最好不要太長，最好少於十分鐘，因為觀眾總是希望在最短的時間得到最多的訊息，所以一定要簡短、易懂！

這個吃起來…
呃…呃…
那個…

啊啊～
又吃螺絲了…

要用最簡單的方式，讓觀眾能跟著直播馬上學會。也要想一想這集的內容，對觀眾來說有沒有幫助，大家會不會想學。

而且一定要事先想好每一集的主題，並跟製作人討論。如果是要在節目中當場做的料理，還要自己先設計食譜，實際演練過一次，才能確保不會在鏡頭前失敗。

他們的回答又讓我提出別的問題，所以一整個下午，大家都在用自己的經驗回答我做直播的成功關鍵。

一整天下來，我的筆記都快要寫滿了！

接著，神奇的事發生了！班上的金思高突然跑到我們家敲門，而且看起來十分激動。五十年後的丁小飛，請問你記得是什麼事嗎？

是的，沒錯！金思高說我的頻道突然爆紅了！

所有人都擠在我的電腦前，才發現我做了一件轟動宇宙的大事，我不小心把錄影的功能，選成直播了！

11月15日 星期五

五十年後的丁小飛：

你會不會覺得，有時候某些事情，總是冥冥之中注定會發生？不是我在說，我深深的懷疑電視劇的對白都是抄襲我平常的生活。

前幾天因為一個陰錯陽差，我不小心按錯電腦的按鍵，沒想到我們的對話會引起這麼多迴響！不過有個小小的插曲，就是連那一天路人甲乙的一舉一動，都不小心的透過鏡頭，活生生、血淋淋的呈現在大家面前了……

後來，七龍珠老師甚至還把我的直播內容拿來班上討論，趁機讓同學們更了解網路頻道主事前需要做的功課。老師也請程友莘、金思高以及巧克力在班上做一些分享，大家都對他們在錄影前需要做這麼多準備，感到很驚訝，就跟我一樣！

有時候試吃太多東西，都沒有味覺了，
只好先調適自己的心情。

　　不知道為什麼，看到大家因為我的訪談，而更了解網路頻道主這個職業，我內心有種說不出來的感受。**一般人只會看到YouTuber在鏡頭下自信滿滿的模樣，但很少人會想到事前的努力**。而這也讓我有了一股強烈的屎名感！啊不對，是使命感啦！總而言之，**不是我在說**，身為十五年後的偉人，我終於找到自己的舞臺，那就是：訪談節目！

　　經過爸媽的同意，我終於再次重出江湖，丟下直播界的震撼屎炸彈！

　　為了讓我重回網路直播界的第一集就有爆炸性的收視率，我們請到程友莘來上我的直播，當作第一位被我訪問的來賓。一向樂於助人的班長馬上就答應，而且還主動提

出在放學後到我家，一起進行訪問前的溝通。她自己也因為我的問題，而提出更多她想表達的看法。

不是我在說，原來訪談節目要準備這麼多東西，而且光是與來賓討論問答的細節，就花了我們將近一個半小時的時間！我們把題目和回答經過刪刪減減之後，留下了最精采，也最感人的部分。

何李羅說，他覺得起碼需要十五分鐘才能夠說完。但程友莘覺得無所謂，只要內容精采，即使節目拉長到十五分鐘，還是可以讓觀眾得到更多的啟發。

當我按下電腦進行直播的那一刻，心臟再次引發宇宙性的大地震！不過，這一次的大地震心跳卻沒有維持太久。果然有準備，就不會特別緊張。我和程友莘雖然都有稿子，但之前反覆的練習和討論，讓整個直播都很順利。

當何李羅舉起手，指指他手錶的時候，我們知道只剩一分鐘的時間來做總結。

我把剛剛程友莘說的話做一個結論，並預告我們下一集會再邀請另一位嘉賓，來進行訪問。

等到我按下結束直播鍵之後，何李羅很開心的跟我們說，這一次的觀賞人數雖然只有二十多位，但他覺得是個很好的開始！

五十年後的丁小飛，這一次雖然沒有阿達的成語，但我有很好的預感，如果要我自己變出一個「芋圓」，那麼應該會是：

五十年後的丁小飛：

告訴你一個好消息！我的直播雖然沒有一飛沖天、大
紅大紫，但獲得很好的回應。學校裡有不少同學都跑來跟
我說：

接下來第二位來賓，就是我們班上的金思高。他的直
播節目「運動高手小撇步」一直很受歡迎，所以我們也針
對他的運動經歷做訪問。

其實身為訪談節目的主持人，我自己在訪問時也了解了好多以前從來都不知道的趣事，雖然我經常跟這些同學相處，但原來每個人都有一些不為人知的小故事，而這些小故事都成為他們發展興趣的動力。

我的近視太深，所以睡覺前一定要放三副眼鏡在床邊，因為以前家裡曾經發生火災，當下找不到眼鏡真的很慌張……

嗯嗯，原來如此。

媽，為什麼你會這麼關注環保的議題呢？

大學的時候，我偶然去海邊，看到一隻擱淺的海龜，被好多塑膠袋纏住，奄奄一息的看起來好可憐。也就是從那時候開始關注跟環保有關的議題。

　　每一次訪問完，我都會在刺蝟筆記本上寫下紀錄，還會跟何李羅討論一番，看看有沒有需要改進的地方，或者有沒有更好玩的主題可以訪問。

漸漸的，我的頻道收看人數越來越多，雖然還沒有到大紅大紫的地步，但的確增加了不少忠實粉絲！

　　晚上，我經過阿達的房間，發現他一個人躺在地上，用橡皮筋在彈天花板。我實在忍不住想跟他分享這個超級大消息，但是一進到房間，他立刻說：

走開，不要吵到我的影子！

　　原來他在打他自己的影子。我很想建議他瞄準地上的角落，因為我非常無敵確定他房間地板上，有很多喝完沒丟掉的飲料，所以一定有螞蟻或蟑螂。要打影子還不如打螞蟻蟑螂。

　　但他的眼神透露出此刻的心情應該已經從十二樓降到地下二樓，所以還是算了。

五十年後的丁小飛：

我就這樣像蝸牛般繼續往前爬過了好幾個月，現在，我已經擁有將近兩千名忠實觀眾，很厲害吧？當然，以你現在身為全宇宙領導人的知名度，應該會有兩兆名忠實粉絲，每天看你呼吸上廁所，不過五十年前的我，只要有兩千名粉絲，做夢都會偷笑了。

今天，就在放學以後，程友莘跑過來向我和何李羅宣布一件事：

後來我們一起回家，在路上，她緩緩的說出理由。程友莘說剛開始要做自己的頻道時，就只是好玩而已，想試

試看。但是她發覺自己花了太多時間在這個頻道上，而她還想要再嘗試別的事情。她說世界上還有很多她想學的東西，例如攝影；她還想跟巧克力學做菜！

看著程友莘開心離開的背影，我心裡有一股奇妙的感覺。不知道為什麼，她講完這件事以後，我感到很放鬆，好像說出了我還沒有想到的內心話。到底為什麼呢？

晚上經過阿達的房間，他還是一樣躺在地上發呆，只是這一次他沒有用橡皮筋彈天花板射影子，而且還滿臉都是水……難道他哭了？但仔細一看，原來他是在試著用杯子裡的吸管，把水噴到天花板。我很想告訴他天花板太高了，不管怎麼噴都噴不到。但看著他滿臉都是水的樣子，我總覺得這其實代表了他心中無法再繼續做直播的無奈。

五十年後的丁小飛：

不知道你還記不記得我們家那位「周公的棋友」，也就是我的阿公？之所以稱他為周公的棋友，是因為他每次都說任何事情都是「一場夢」。

不是我在說，賴床不是本來就為了要做一場夢嗎？總而言之，我和阿達封他為「周公的棋友」。

很久以前，我記得阿公阿嬤都會在過年除夕到我們家吃飯，然後大家會一起玩桌遊。阿公每次輸給我的時候，他都會說一句：「小飛啊，人生就像一場夢，現在你雖然贏了，過幾年你就會覺得今天的事情是一場夢。」

五十年後的丁小飛，我現在終於能夠正式的告訴你：當了網路頻道主以後，我真的覺得這是一場夢。怎麼說呢？因為我該訪問的人都訪問完了，就連不想訪問的人，我也訪問完了。

不是我在說，我也這麼覺得。阿公，你是對的！

當然，如果五十年後的你現在有時光機，可以把外星

人從你那裡立刻傳送回我這裡，或許我可以訪問一下外星人，我保證會再度開啟直播。但是麻煩不要送那種會流出綠色液體的外星人，因為會讓我想到之前喝過的螢光蠕蟲飲料。

我對何李羅講出自己想暫停直播的想法，他似乎也有鬆一口氣的感覺，就跟當初我聽到程友莘的決定一樣。

我早就想跟你說，我們每次在一起都在剪輯影片和討論內容，我其實很想念之前跟你去吃冰淇淋的日子呢！

我們後來一起去阿飛冰淇淋店，吃了好吃的天空飛飛冰淇淋，還聊了好多拍影片的事。雖然我們一起決定暫時

不再做直播，但之前合作的經歷，的確滿好玩的。雖然阿公會說是一場夢，但如果是有趣的夢，那也滿不錯的！

和爸媽宣布我的決定以後，晚上睡覺前，我再次經過阿達的房間，看到他一個人閉著眼睛在練念力，我覺得有點無奈。他的直播是因為媽媽反對而被迫關掉，加上上次因為我和爸媽都不小心入鏡，他的粉絲全都看到媽媽在罵他隨便亂說「預言」，所以粉絲全跑光了！他們都很不高興阿達亂說預言，引起不少爭議。

阿達說，就算他要重新開啟「忍著的成語芋圓」，大概都不會有人要看了。

我偷偷進到他房間，瞄到桌子底下那個大鐵罐，忍不住拿起鐵罐頭，竟然發現一個天大的笑話：

原來他的預言不是預言，而是真的「芋圓」！搞了老半天，他並沒有寫錯字。

於是我突然靈機一動，把正在閉目養神的阿達吵醒，然後說出我心中偉大又厲害的計畫。

五十年後的丁小飛：

今天是非常無敵重要的一個日子！因為有兩件事會發生，快猜猜看，猜中了就有獎品！

1.丁小飛會成為宇宙領導人

2.何李羅決定戴隱形眼鏡

3.阿達出現在我的直播

4.丁小飛最後一次直播

5.以上都有可能

如果你是阿達，請略過這個題目。這一次不是因為你不了解，而是……你知道答案！

今天是我最後一次直播，也是阿達參加直播節目的日子！正確答案是3和4！如果你猜對了，麻煩你寫信給五十年前的我，我會很努力在五十年後，用時光機送一個我精心設計的禮物，也就是我和外星人的合照給你，還會附上我的簽名。

　你一定感到很奇怪，我不是已經決定停掉我的頻道了，為什麼還讓阿達上我的節目呢？

　那天發現芋圓鐵罐以後，我邀請阿達上我的直播節目。他剛開始當然非常排斥，但後來我告訴他，這是一個可以跟大家解釋的好機會，搞不好他以前的粉絲會重新回到他的新頻道裡。

　第二天，我把想好的計畫和訪問題目跟阿達討論，他才願意接受我的訪問。在訪問前，我們也跟老爸和媽媽討論一番。我跟他們說，我打算在最後一次的直播，讓阿達向大家坦白說明一切，也包括了「芋圓」不是真的預言！爸媽說，他們需要考慮一下。

　隔天晚餐時間，他們說：

我看到餐桌的另一頭，阿達的眼眶居然泛出了眼淚呢！不過他說是因為媽媽煮的洋蔥湯令他流淚，我看著桌上的玉米湯，就不揭穿他了。

在何李羅一聲令下，我在直播鏡頭前開始了歷史性的訪問！

在釐清這些誤會以後，我安排了讓阿達在線上跟大家一起練習當忍者，還介紹了忍者的由來與歷史，當然，也訪問了阿達研究忍者的動機。

他說他從前就很愛看忍者漫畫，也因此喜歡上忍者，還跟觀眾們介紹日本現在還是有祕密忍者組織，而他最大的願望，就是可以參加忍者神祕組織！

不是我在說，今天的訪問精采到連我自己都笑場好幾次，因為阿達的想法實在太與眾不同了。我原本以為何李羅會用大字報提醒我，不要笑得這麼誇張，但他並沒有這麼做，反而用一種很贊同的眼光來替我們加油。

你們很棒，節目只剩一分鐘！

好的，現在，丁小飛的Show time專訪節目就要進入尾聲了，我們請忍者阿達來為我們從芋圓罐頭裡，抽出一張吉利的成語送給大家，也送給我們節目，當作對我的直播和觀眾們的祝福。

到了最後，我請阿達從他的芋圓罐頭抽出一張成語，算是對我直播節目的一種祝福。

五十年後的丁小飛，你要不要猜猜看他抽到了什麼？

這句成語的四個字就藏在以下這句話裡面：「**我被飄在空中的大氣球撞到，額頭紅到發紫。**」

如果你真的猜不到，或許你可以問問看現在已經成為忍者的阿達，他應該會記得。

就算他也不記得，那也沒關係，我打算把這張成語紙條跟著ABC，啊不對，是USB一起埋進土裡，你們可以一起研究一下，順便增進兄弟感情。

　　雖然到了最後，阿達都沒有再開啟他的直播，而我也沒有繼續當YouTuber，但我們的感情也因為這件事，有了奇妙的轉變。

所以如果你問我，當YouTuber最大的收穫是什麼？

答案當然就是：

1. 我多了一個泡芙。

2. 證明自己超厲害。

3. 發現阿達原來是個不錯的哥哥。

4. 當YouTuber沒有想像中這麼簡單。

5.當YouTuber可以只是一種嗜好，不一定是長大要做的事。

是的，如果你發現沒有以上皆是或以上皆非可以選，那是因為這題超重要，需要跟你身邊的好朋友、哥哥、妹妹、弟弟、姊姊、老師、同學、外星人一起討論！討論完，別忘了e-mail給五十年後的我。如果我有時光機，搞不好會親自來跟你一起討論喔！

我的圖畫日記！

丁小飛開始經營自己的YouTube頻道，並從各位同學還有大姐姐的建議中，慢慢找到自己想拍攝的節目類型和頻道主題。你也想當一位YouTuber嗎？現在就跟丁小飛一樣，試著規劃屬於你自己的頻道內容吧！

步驟一：首先，寫出你覺得最吸睛、最特別的頻道名稱，並說明對應的頻道內容。

範例一

頻道名稱：

丁小飛・丁小飛的show time

頻道內容：

開箱試喝飲料、開箱扭蛋、專訪直播。

範例二

頻道名稱：

巧克力・沒事吃美食

頻道內容：

開箱試吃各種美食，並教觀眾簡單的美食料理。

你的頻道名稱：＿＿＿＿＿＿＿＿＿＿＿＿＿＿

頻道內容：＿＿＿＿＿＿＿＿＿＿＿＿＿＿＿＿

步驟二：決定頻道名稱之後，畫出你想在頻道上嘗試拍攝的第一支影片內容。

範例一

頻道名稱：
丁小飛的show time

影片內容：
飲料試喝直播，再讓觀眾猜猜看自己正在喝的飲料名稱。

範例二

頻道名稱：
沒事吃美食

影片內容：
麵包坊的本月新品試吃直播，再評價每種麵包的口味。最後在廚房裡試做其中一種口味的麵包。

你的頻道名稱：＿＿＿＿＿＿＿＿＿＿＿＿＿＿＿＿

第一支影片內容：＿＿＿＿＿＿＿＿＿＿＿＿＿＿

步驟三：想想看，要拍攝出第一支影片，需要準備哪些工具？以及要請哪些人幫忙呢？

範例一

頻道名稱：

丁小飛的show time

需要的用具：

附帶攝影鏡頭的電腦、收音麥克風、不知名飲料三杯、提詞海報

幫忙拍攝的助手：何李羅

範例二

頻道名稱：沒事吃美食

需要的用具：攝影機、收音麥克風、補光燈和腳架、新品麵包五種、提詞海報、事先整理好的食譜筆記

幫忙拍攝的助手：巧克力媽媽

現在，換你來畫畫看，拍出一支影片需要哪些人的協助，又需要哪些工具呢？

我要成為YouTuber

作者｜郭瀞婷
繪者｜水腦

責任編輯｜江乃欣
封面設計｜Bianco Tsai
內頁版型設計｜林子晴、劉凱西
行銷企劃｜林思妤

天下雜誌群創辦人｜殷允芃
董事長兼執行長｜何琦瑜
媒體暨產品事業群
總經理｜游玉雪
副總經理｜林彥傑
總編輯｜林欣靜
行銷總監｜林育菁
主編｜李幼婷
版權主任｜何晨瑋、黃微真

出版者｜親子天下股份有限公司
地址｜台北市104建國北路一段96號4樓
電話｜（02）2509-2800　傳真｜（02）2509-2462
網址｜www.parenting.com.tw
讀者服務專線｜（02）2662-0332　週一～週五：09:00~17:30
傳真｜（02）2662-6048　客服信箱｜parenting@cw.com.tw
法律顧問｜台英國際商務法律事務所・羅明通律師
製版印刷｜中原造像股份有限公司
總經銷｜大和圖書有限公司　電話：（02）8990-2588

出版日期｜2023年12月第一版第一次印行
定價｜320元
書號｜BKKC0061P
ISBN｜978-626-305-628-2

訂購服務
親子天下 Shopping｜shopping.parenting.com.tw
海外・大量訂購｜parenting@cw.com.tw
書香花園｜台北市建國北路二段6巷11號　電話（02）2506-1635
劃撥帳號｜50331356　親子天下股份有限公司
親子天下｜www.parenting.com.tw

立即購買 >

國家圖書館出版品預行編目資料

丁小飛校園日記. 5, 我要成為YouTuber / 郭瀞
婷文；水腦圖. -- 第一版. -- 臺北市：親子天下
股份有限公司, 2023.12
160面；14.8*21公分
ISBN 978-626-305-628-2(平裝)
863.596　　　　　　　　　　112017513